新版

小学语文同步阅读

# 白鹭

BAILU

郭沫若

著

长江出版传媒 | 长江文艺出版社

# 目录

# 寄生树与细草

寄生树站在一株古木的高枝上，在空气中洋洋得意。它倨傲地俯瞰着下面的细草说道：

"你们可怜的小草儿，你看我的位置是多么高，你们是多么矮小！"

细草们没有回答。

寄生树又自言自语地唱道：

"啊哈哟，我是大自然中的天骄。有大树做我庇护，有大树供我养料。我是神不亏而精不劳，高瞻乎宇宙，君临乎小草，披靡乎浮云，揖友乎百鸟。啊哈哟，我是大自然中的天骄。"

一场雷雨，把大树劈倒了。寄生树和古木的高枝倒折在草上。细草儿们为它哀哭了一场。

寄生树渐渐枯死了。每逢下雨的时候，细草们便追悼它，为它哀哭。

寄生树被老樵夫捡拾在大箩筐里，卖到瓦窑里去烧了。每逢下雨的时候，细草们还在追悼它，为它哀哭。

1924 年①，在上海

---

① 本篇最初发表于 1923 年 7 月 14 日，作者自注"7 月 3 日"作，故时间应为 1923 年。

# 芭蕉花

这是我五六岁时的事情了。我现在想起了我的母亲，突然记起了这段故事。

我的母亲六十六年前是生在贵州省黄平州的。我的外祖父杜琢章公是当时黄平州的州官。到任不久，便遇到苗民起事，致使城池失守，外祖父手刃了四岁的四姨，在公堂上自尽了。外祖母和七岁的三姨跳进州署的池子里殉了节，所用的男工女婢也大都殉难了。我们的母亲那时才满一岁，刘奶妈把我们的母亲背着已经跳进了池子，但又逃了出来。在途中遇着过两次匪难，第一次被劫去了金银首饰，第二次被劫去了身上的衣服。忠义的刘奶妈在农人家里讨了些稻草来遮身，仍然背着母亲逃难。逃到后来遇着赴援的官军才得了解救。最初流到贵州省城，其次又流到云南省城，倚人庐下，受了种种的虐待，但是忠义的刘奶妈始终是保护着我们的母亲。直到母亲满了四岁，大舅赴黄平收尸，便道往云南，才把母亲和刘奶妈带回了四川。

母亲在幼年时分是遭受过这样不幸的人。

母亲在十五岁的时候到了我们家里来，我们现存的兄弟姊妹共有八人，听说还死了一兄三姐。那时候我们的家道寒微，一切炊洗洒扫要和妯娌分担，母亲又多子息，更受了不少的累赘。

白日里家务奔忙，到晚来背着弟弟在菜油灯下洗尿布的光景，我在小时还亲眼见过，我至今也还记得。

母亲因为这样过于劳苦的原故，身子是异常衰弱的，每年交秋的时候总要晕倒一回，在旧时称为"晕病"，但在现在想来，这怕是在产褥中，因为摄养不良的关系所生出的子宫病吧。

晕病发了的时候，母亲倒睡在床上，终日只是呻吟呕吐，饭不消说是不能吃的，有时候连茶也几乎不能进口。像这样要经过两个礼拜的光景，又才渐渐回复起来，完全是害了一场大病一样。

芭蕉花的故事是和这晕病关联着的。

在我们四川的乡下，相传这芭蕉花是治晕病的良药。母亲发了病时，我们便要四处托人去购买芭蕉花。但这芭蕉花是不容易购买的。因为芭蕉在我们四川很不容易开花，开了花时乡里人都视为祥瑞，不肯轻易摘卖。好容易买得了一朵芭蕉花了，在我们小的时候，要管两只肥鸡的价钱呢。

芭蕉花买来了，但是花瓣是没有用的，可用的只是瓣里的蕉子。蕉子在已经形成了果实的时候也是没有用的，中用的只是蕉子几乎还是雌蕊的阶段。一朵花上实在是采不出许多的这样的蕉子来。

这样的蕉子是一点也不好吃的，我们吃过香蕉的人，如以为吃那蕉子怕会和吃香蕉一样，那是大错而特错了。有一回母亲吃蕉子的时候，在床边上夹过一箸给我，简直是涩得不能入口。

芭蕉花的故事便是和我母亲的晕病关联着的。

我们四川人大约是外省人居多，在张献忠剿了四川以后——四川人有句话说："张献忠①剿四川，杀得鸡犬不留"——在清初时期好像有过一个很大的移民运动。外省籍的四川人各有各的会馆，便是极小的乡镇也都是有的。

我们的祖宗原是福建的人，在汀州府的宁化县，听说还有我们的同族住在那里。我们的祖宗正是在清初时分入了四川的，卜居在峨眉山下一个小小的村里。我们福建人的会馆是天后宫，供的是一位女神，叫作"天后圣母"②。这天后宫在我们村里也有一座。

那是我五六岁时候的事了。我们的母亲又发了晕病。我同我的二哥（他比我要大四岁），同到天后宫去。那天后宫离我们家里不过半里路光景，里面有一座散馆，是福建人子弟读书的地方。我们去的时候散馆已经放了假，大概是中秋前后了。我们隔着窗看见散馆园内的一簇芭蕉，其中有一株刚好开着一朵大黄花，就像尖瓣的莲花一样。我们是欢喜极了。那时候我们家里正在

① 张献忠（1606—1646），明末农民起义领袖。
② 海神名。传说宋代莆田人林愿的第六女，死后曾多次显灵于海上。元代至元中封天妃神号，清康熙时加封为天后。旧时沿海地带多为她立庙，有天妃庙、天妃宫、天后宫等。

找芭蕉花，但在四处都找不出。我们商量着便翻过窗去摘取那朵芭蕉花。窗子也不过三四尺高的光景，但我那时还不能翻过，是我二哥擎我过去的。我们两人好容易把花苞摘了下来，二哥怕人看见，把来藏在衣袂下同路回去。回到家里了，二哥叫我把花苞拿去献给母亲。我捧着跑到母亲的床前，母亲问我是从什么地方拿来的，我便直说是在天后宫掏来的。我母亲听了便大大地生气，她立地叫我们跪在床前，只是连连叹气地说："啊，娘生下了你们这样不争气的孩子，为娘的倒不如病死的好了！"我们都哭了，但我也不知为什么事情要哭。不一会父亲晓得了，他又把我们拉去跪在大堂上的祖宗面前打了我们一阵。我挨掌心是这一回才开始的，我至今也还记得。

我们一面挨打，一面伤心。但我不知道为什么该讨我父亲、母亲的气。母亲病了要吃芭蕉花。在别处园子里掏了一朵回来，为什么就犯了这样大的过错呢？

芭蕉花没有用，抱去奉还了天后圣母，大约是在圣母的神座前干掉了吧？

这样的一段故事，我现在一想到母亲，无端地便涌上了心来。我现在离家已十二三年，值此新秋，又是风雨飘摇的深夜，天涯羁客不胜落寞的情怀，思念着母亲，我一阵阵鼻酸眼胀。

啊，母亲，我慈爱的母亲哟！你儿子已经到了中年，在海外已自娶妻生子了。幼年时摘取芭蕉花的故事，为什么使我父亲、母亲那样的伤心，我现在是早已知道了。但是，我正因为知道了，竟失掉了我摘取芭蕉花的自信和勇气。这难道是进步吗？

1924 年 8 月 20 日夜　写于福冈

# 夕　暮[①]

　　我携着三个孩子在屋后草场中嬉戏着的时候，夕阳正烧着海上的天壁，眉痕的新月已经出现在鲜红的云缝里了。

　　草场中牧放着的几条黄牛，不时曳着悠长的鸣声，好像在叫它们的主人快来牵它们回去。

　　我们的两匹母鸡和几只鸡雏，先先后后地从邻寺的墓地里跑回来了。

　　立在厨房门内的孩子们的母亲向门外的沙地上撒了一握米粒出来。

　　母鸡们咯咯咯地叫起来了，鸡雏们也啁啁地争食起

---

　　① 本篇最初发表于 1924 年 12 月 29 日，作者自注"八月十七日东京"作。

来了。

　　——"今年的成绩真好呢，竟养大了十只。"

　　欢愉的音波，在金色的暮霭中游泳。

# 山茶花[①]

昨晚从山上回来，采了几串茨实、几簇秋楂、几枝蓓蕾着的山茶。

我把它们投插在一个铁壶里面，挂在壁间。

鲜红的楂子和嫩黄的茨实衬着浓碧的山茶叶——这是怎么也不能描画出的一种风味。

黑色的铁壶更和苔衣深厚的岩骨一样了。

今早刚从熟睡里醒来时，小小的一室中漾着一种清香的不知名的花气。

这是从什么地方吹来的呀？——

原来铁壶中投插着的山茶，竟开了四朵白色的

①　本篇最初发表于1924年12月31日，作者自注"十月十二日，东京"作。

鲜花！

啊，清秋活在我壶里了！

# 杜　鹃

　　杜鹃,敝同乡的魂,在文学上所占的地位,恐怕任何鸟都比不上。

　　我们一提起杜鹃,心头眼底便好像有说不尽的诗意。

　　它本身不用说,已经是望帝的化身了。有时又被认为薄命的佳人,忧国的志士;声是满腹乡思,血是遍山蹀躞;可怜,哀惋,纯洁,至诚……在人们的心目中成了爱的象征。这爱的象征似乎已经成了民族的感情。

　　而且,这种感情还超越了民族的范围,东方诸国大都受到了感染。例如日本,杜鹃在文学上所占的地位,并不亚于中国。

　　然而,这实在是名实不符的一个最大的例证。

　　杜鹃是一种灰黑色的鸟,毛羽并不美,它的习性专横而残忍。

杜鹃是不营巢的，也不孵卵哺雏。到了生殖季节，产卵在莺巢中，让莺替它孵卵哺雏。雏鹃比雏莺大，到将长成时，甚且比母莺还大。鹃雏孵化出来之后，每将莺雏挤出巢外，任它啼饥号寒而死，它自己独霸着母莺的哺育。莺受鹃欺而不自知，辛辛苦苦地哺育着比自己还大的鹃雏：真是一件令人不平、令人流泪的情景。

想到了这些实际，便觉得杜鹃这种鸟大可以作为欺世盗名者的标本了。然而，杜鹃不能任其咎。杜鹃就只是杜鹃，它并不曾要求人把它认为佳人、志士。

人的智慧和莺也相差不远，全凭主观意象而不顾实际，这样的例证多的是。

因此，过去和现在都有无数的人面杜鹃被人哺育着。将来会怎样呢？莺虽然不能解答这个问题，人是应该解答而且能够解答的。

1936 年春[1]

---

[1]　本篇最初发表于 1937 年 1 月 20 日，写作时间应为 1937 年 1 月 13 日。

# 芍药及其他①

## 芍　药

昨晚往国泰后台去慰问表演《屈原》的朋友们，看见一枝芍药被抛弃在化妆桌下，觉得可惜，我把它捡了起来。

枝头有两朵骨朵，都还没有开；这一定是为屈原制花环的时候被人抛弃了的。

在那样杂沓的地方，幸好是被抛在桌下没有被人践踏呀。

拿回寓里来，剪去了一节长梗，在菜油灯上把切口

---

① 本篇最初发表于 1942 年 8 月 20 日。

烧了一会，便插在我书桌上的一个小巧的白瓷瓶里。

清晨起来，看见芍药在瓶子里面开了。花是粉红，叶是碧绿，颤葳葳地向着我微笑。

4 月 12 日

## 水 石

水里的小石子，我觉得，是最美妙的艺术品。

那圆融，滑泽，和那多种多样的形态，花纹，色彩，恐怕是人力以上的东西吧。

这不必一定要雨花台的文石，就是随处的河流边上的石碛都值得你玩味。

你如蹲在那有石碛的流水边上，肯留心向水里注视，你可以发现一个光怪陆离的世界。

那个世界实在是绚烂，新奇，然而却又素朴，谦抑，是一种极有内涵的美。

不过那些石子却不好从水里取出。

从水里取出，水还没有干时，多少还保存着它的美妙。待水分一干，那美妙便要失去。

我感觉着，多少体会了艺术的秘密。

4 月 12 日

## 石　池

张家花园的怡园前面有一个大石池，池底倾斜，有可供人上下的石阶，在初必然是凿来做游泳池的。但里面一珠水也没有。因为石缝砌得严密，也没有迸出一株青草，蒸出一钱苔痕。

我以前住在那附近，偶尔去散散步，看见邻近驻扎的军队有时也就在池底上操练。这些要算是这石池中的暂时飞来的生命的流星了。

有一次敌机来袭，公然投了一个燃烧弹在这石池里面，炸碎几面石板，烧焦了一些碎石。

弹坑并不大，不久便被人用那被炸碎了的碎石填塞了。石池自然是受了伤，带上了一个瘢痕。

再隔不许久，那个瘢痕却被一片片青青的野草遮遍了。

石池中竟透出了一片生命的幻洲。

4 月 26 日晨

## 母 爱

这幅悲惨的画面，我是永远也不会忘记的。

是三年前的"五三"那一晚，敌机大轰炸，烧死了不少的人。

第二天清早我从观音岩上坡，看见两位防护团员扛着一架成了焦炭的女人尸首。

但过细看，那才不止一个人，而是母子三人焦结在一道的。

胸前抱着的是一个还在吃奶的婴儿，腹前拳伏着的又是一个，怕有三岁光景吧。

母子三人都成了骸炭，完全焦结在一道。

但这只是骸炭吗？

1942 年 4 月 30 日晨

# 小麻猫

一

我素来是不大喜欢猫的。

原因是在很小的时候，有一天清早醒来，一伸手便抓着枕边的一小堆猫粪。

猫粪的那种怪酸味，已经是难闻的；让我的手抓着了，更使得我恶心。

但我现在，在生涯已经走过了半途的目前，却发生了一个心理转变。

# 二

重庆这座山城老鼠多而且大，有的朋友说：其大如象。

去年暑间，我们住在金刚坡下面的时候，便买了一只小麻猫。

雾期到了，我们把它带进了城来。

小麻猫虽然稚小，却很矫健。

夜间关在房里，因为进出无路，它爱跳到窗棂上去，穿破纸窗出入。破了又糊，糊了又破，不知道费了多少事。但因它爱干净，捉鼠的本领也不弱，人反而迁就了它，在一个窗格上特别不糊纸，替它设下布帘。然而小麻猫却不喜欢从布帘出入，总爱破纸。

在城里相处了一个月，周围的鼠类已被肃清，而小麻猫突然不见了。

大家都觉得可惜，我也微微有些惜意：因为恨猫究竟没有恨老鼠厉害。

## 三

小麻猫失掉，隔不一星期光景，老鼠又猖獗了起来，只得又在城里花了十五块钱买了一只白花猫。

这只猫子颇臃肿，背是弓的。说是兔子倒像些，却又非常的濡滞。

这白花猫倒有一种特长，便是喜欢吃馒头，因此我们呼之为"北京人"。

"北京人"对于老鼠取的是互不侵犯主义。我甚至有点替它担心，怕的是老鼠有一天要不客气起来，竟会侵犯到它的身上去的。

## 四

就在我开始替"北京人"担心的时候，大约也就是小麻猫失掉后已经有一个月的光景，一天清早我下床后，小麻猫突然在我脚下缠绵起来了。

——啊，小麻猫回来了！它不知道是什么时候回来了的。

家里人很高兴，小麻猫也很高兴，它差不多对于每一个人都要去缠绵一下，对于以前它睡过的地方也要去缠绵一下。

它是瘦了，颈上和背上都拴出了一条绳痕，左侧腹的毛烧黄了一大片。

使小麻猫受了这样委屈的一定是邻近的人家，拴了一月，以为可以解放了，但它一被解放，却又跑回了老家。

五

小麻猫虽然瘦了，威风却还在。它一回到老家来依然觉得自己是主人，把"北京人"看成了侵入者。

"北京人"起初和它也有点敌忾，但没几秒钟就败北了，反而怕起它来。

相处日久之后，小麻猫和"北京人"也和睦了，简直就跟兄弟一样——我说它们是兄弟，因为两只都是雄猫。

它们戏玩的时候，真是天真，相抱，相咬，相追逐，真比一对小人儿还要灵活。

就这样使那濡滞的"北京人"也活跃起来了，渐渐地失掉了它的兔形，即恢复了猫的原状。

跳窗的习惯，小麻猫依然是保存着的。经它这一领导，"北京人"也要跟着来，起先试练了多少次，便失败了多少次，不久公然也跳成功了。

三间居室的纸窗，被这两位选手跳进跳出，跳得大框小洞；冬风也和它们在比赛，实在有些应接不暇。

人是更会让步的，索性在各间居室的门脚下剜了一个方洞，以便于猫们进出。这事情我起初很不高兴，因为既不雅观，又不免依然替冷风开了路，不过我的抗议是在洞已剜成之后，自然是枉然的。

# 六

小麻猫回来之后，又相处了有一个月的光景，然而又失掉了。

但也奇怪，这一次大家似乎没有前一次那样地觉得可惜。

大约是因为它的回来是一种意外的收获，失掉也就只好听其自然了吧。

更好在"北京人"已被训练成了真正的猫，而不再是兔子了。

老鼠已经不再跋扈，这更减少了人们对于小麻猫的思慕。

小麻猫大概已被人带到很远很远的地方去了吧，它是怎么也不会回来的了。——人们也偶尔淡淡地这样追忆，或谈说着。


## 七


可真是出人意外，小麻猫的再度失去已经六七十天了，山城一遇着晴天便已感觉着炎暑的五月，而它突然又回来了。

这次的回来是在晚上，因为相离得太久，对人已经略略有点胆怯。

但人们喜欢过望，特别的爱抚它。我呢？我是把几十年来对猫厌恶的心理，完全克服了。

我感觉着，我深切的感觉着：我接触着了自然底最美的一面。

我实在是受了感动。

回来时我们正在吃晚饭，我拈了一些肉皮来喂它，这假充鱼肚的肉皮，小麻猫也很欢喜吃。我把它的背脊抚摩了好些次。

我却发现了它的两只前腿的胁下都受了伤。前腿被人用麻绳之类的东西套着，把双方胁部的皮都套破了，伤口有两寸来长，深到使皮下的肉猩红地露出。

我真禁不住要对残忍无耻的两脚兽提出抗议。盗取别人的猫已经是罪恶，对于无抵抗的小动物加以这样无情的虐待，更是使人愤恨。

# 八

盗猫的断然是我们的邻居：因为小麻猫失去了两次都能够回来，就在这第二次的回来之后都不安定，接连有两晚上不见踪影，很可能是它把两处都当成了它的家。

今天是第二次回来的第四天了，此刻我看见它很平安地睡在我常坐的一个有坐褥的藤椅上。我不忍惊动它。

昨天晚上我看见它也是在家里的，大约它总不会再回到那虐待它的盗窟里去了吧。

# 九

我实在感触着了自然底最美的一面，我实在消除了我几十年来的厌猫的心理。

我也知道，食物的好坏一定有很大的关系，盗猫的人家一定吃得不大好，而我们吃得要比较好一些——至少时而有些假充鱼肚骗骗肠胃。

待遇的自由与否自然也有关系。

但我仍然感觉着，这里有令人感动的超乎物质的美存在。

猫子失了本不容易回来，小麻猫失了两次都回来了，而它那前次的依依，后次的惴怯都是那么的通乎人性。而且——似乎更人性。

我现在很关心它，只希望它的伤早好，更希望它不要再被人捉去。

连"北京人"我也感觉着一样的可爱了。

我要平等的爱护它们，多多让它们吃些假充鱼肚。

1942 年 5 月 6 日

# 银　杏

　　银杏，我思念你，我不知道你为什么又叫公孙树①。但一般人叫你是白果，那是容易了解的。

　　我知道，你的特征并不专在乎你有这和杏相仿佛的果实，核皮是纯白如银，核仁是富于营养——这不用说已经就足以为你的特征了。

　　但一般人并不知道你是有花植物中最古的先进，你的花粉和胚珠具有着动物般的性态，你是完全由人力保存了下来的奇珍。

　　自然界中已经是不能有你的存在了，但你依然挺立

---

　　① 传说中华民族的祖先黄帝复姓公孙，而银杏生存年代久远，与中国有文字记载的历史相等，所以人们称银杏为"公孙树"。也有说法认为，银杏生长期长，公公种下的树，孙子长大了才能吃到果实，所以叫这个名字。

着，在太空中高唱着人间胜利的凯歌。

你这东方的圣者，你这中国人文的有生命的纪念塔，你是只有中国才有呀，一般人似乎也并不知道。

我到过日本，日本也有你，但你分明是日本的华侨，你侨居在日本大约已有中国的文化侨居在日本的那样久远了吧。

你是真应该称为中国的国树的呀，我是喜欢你，我特别的喜欢你。

但也并不是因为你是中国的特产，我才特别的喜欢，是因为你美，你真，你善。

你的株干是多么的端直，你的枝条是多么的蓬勃，你那折扇形的叶片是多么的青翠，多么的莹洁，多么的精巧呀！

在暑天你为多少的庙宇戴上了巍峨的云冠，你也为多少的劳苦人撑出了清凉的华盖。

梧桐虽有你的端直而没有你的坚牢；

白杨虽有你的葱茏而没有你的庄重。

熏风会媚妩你，群鸟时来为你欢歌；上帝百神——假如是有上帝百神，我相信每当皓月流空，他们会在你脚下来聚会。

秋天到来，蝴蝶已经死了的时候，你的碧叶要翻成金黄，而且又会飞出满园的蝴蝶。

你不是一位巧妙的魔术师吗？但你丝毫也没有令人掩鼻的那种的江湖气息。

当你那解脱了一切，你那槎枒的枝干挺撑在太空中的时候，你对于寒风霜雪毫不避易。

那是多么的嶙峋而又洒脱呀，恐怕自有佛法以来再也不曾产生过像你这样的高僧。

你没有丝毫依阿取容的姿态，但你也并不荒伧；你的美德像音乐一样洋溢八荒，但你也并不骄傲；你的名讳似乎就是"超然"，你超乎在一切的草木之上，你超乎在一切之上，但你并不隐遁。

你的果实不是可以滋养人，你的木质不是坚实的器材，就是你的落叶不也是绝好的引火的燃料吗？

可是我真有点奇怪了：奇怪的是中国人似乎大家都忘记了你，而且忘记得很久远，似乎是从古以来。

我在中国的经典中找不出你的名字，我很少看到中国的诗人咏赞你的诗，也很少看到中国的画家描写你的画。

这究竟是怎么一回事呀？你是随中国文化以俱来的亘古的证人，你不也是以为奇怪吗？

银杏，中国人是忘记了你呀，大家虽然都在吃你的白果，都喜欢吃你的白果，但的确是忘记了你呀。

世间上也尽有不辨菽麦的人，但把你忘记得这样普遍，这样久远的例子，从来也不曾有过。

真的啦，陪都不是首善之区吗？但我就很少看见你的影子；为什么遍街都是洋槐，满园都是幽加里树①呢？

我是怎样的思念你呀，银杏！我可希望你不要把中国忘记吧。

这事情是有点危险的，我怕你一不高兴，会从中国的地面上隐遁下去。

在中国的领空中会永远听不着你赞美生命的欢歌。

银杏，我真希望呀，希望中国人单为能更多吃你的白果，总有能更加爱慕你的一天。

1942 年 5 月 23 日

---

① 即桉树，一种常绿乔木。

# 丁　东

我思慕着丁东——

可是并不是那环佩的丁东，铁马的丁东，而是清冽的泉水滴下深邃的井里的那种丁东。

清冽的泉水滴下深邃的井里，井上有大树罩荫，让你在那树下盘旋，倾听着那有节奏的一点一滴，那是多么清永的凉味呀！

古时候深宫里的铜壶滴漏在那夜境的森严中必然曾引起过同样的感觉，可我不曾领略过。

在深山里，崖壑幽静的泉水边，或许也更有一番逸韵沁人心脾，但我小时并未生在山中，也从不曾想过要在深山里当一个隐者。

因此我一思慕着丁东，便不免要想到井水，更不免要想到嘉定的一眼井水。

住在嘉定城里的人，怕谁都知道月儿塘前面有一眼丁东井的吧。井旁有榕树罩荫，清冽的水不断的在井里丁东。

诗人王渔洋曾经到过嘉定，似乎便是他把它改为了方响洞的。是因为井眼呈方形？还是因为井水的声音有类古代的乐器"方响"？或许是双关二意吧？

但那样的名称，哪有丁东来得动人呢？

我一思慕着丁东，便不免要回想着这丁东井。

小时候我在嘉定城外的草堂寺读过小学。我有一位极亲密的学友就住在丁东井近旁的丁东巷内。每逢星期六，城里的学生是照例回家过夜的，傍晚我送学友回家，他必然要转送我一程；待我再转送他，他必然又要转送。像这样的辗转相送，在那昏黄的街道上也可以听得出那丁东的声音。

那是多么隽永的回忆呀，但不知不觉地也就快满四十年了。相送的友人已在三十年前去世，自己的听觉也在三十年前早就半聋了。

无昼无夜地我只听见有苍蝇在我耳畔嗡营，无昼无夜地我只感觉有风车在我脑中旋转，丁东的清澈已经被友人带进坟墓里去了。

四年前我曾经回过嘉定，却失悔不应该也到过月儿塘，那儿是完全变了。方响洞依然还存在，但已阴晦得不堪。我不敢挨近它去，我相信它是已经死了。

我愿意谁在我的两耳里注进铁汁，让这无昼无夜嗡营着的苍蝇，无昼无夜旋转着的风车都一道死去。

然而清冽的泉水滴下深邃的井里，井上有大树罩荫；你能在那树下盘旋，倾听着那一点一滴的声音，那是多么清永的凉味呀！

我永远思慕着丁东。

1942 年 10 月 30 日

# 白　鹭

白鹭是一首精巧的诗。

色素的配合，身段的大小，一切都很适宜。

白鹤太大而嫌生硬，即如粉红的朱鹭或灰色的苍鹭也觉得大了一些，而且太不寻常了。

然而白鹭却因为它的常见，而被人忘却了它的美。

那雪白的蓑毛，那全身的流线型结构，那铁色的长喙，那青色的脚，增之一分则嫌长，减之一分则嫌短，素之一忽则嫌白，黛之一忽则嫌黑。

在清水田里时有一只两只站着钓鱼，整个的田便成了一幅嵌在琉璃框里的画面。田的大小好像是有心人为白鹭设计出的镜匣。

晴天的清晨每每看见它孤独地站立在小树的绝顶，

看来不像是安稳，而它却很悠然。这是别的鸟很难表现的一种嗜好。人们说它是在望哨，可它真是在望哨吗？

黄昏的空中偶见白鹭的低飞，更是乡居生活中的一种恩惠。那是清澄的形象化，而且具有了生命了。

或许有人会感着美中的不足，白鹭不会唱歌。但是白鹭的本身不就是一首很优美的歌吗？——不，歌未免太铿锵了。

白鹭实在是一首诗，一首韵在骨子里的散文诗。

1942 年 10 月 31 日

# 石　榴

　　五月过了，太阳增加了它的威力，树木都把各自的伞盖伸张了起来，不想再争妍斗艳的时候，有少数的树木却在这时开起了花来。石榴树便是这多数树木中的最可爱的一种。

　　石榴有梅树的枝干，有杨柳的叶片，奇崛而不枯瘠，清新而不柔媚，这风度实兼备了梅柳之长，而舍去了梅柳之短。

　　最可爱的是它的花，那对于炎阳的直射毫不避易的深红色的花。单瓣的已够陆离，双瓣的更为华贵，那可不是夏季的心脏吗？

　　单那小茄形的骨朵已经就是一种奇迹了。你看它逐渐翻红，逐渐从顶端整裂为四瓣，任你用怎样犀利的劈刀也都劈不出那样的匀称，可是谁用红玛瑙琢成了那样多的花瓶儿，而且还精巧地插上了花？

单瓣的花虽没有双瓣者的豪华，但它更有一段妙幻的演绎，红玛瑙的花瓶儿由希腊式的安普剌①变为中国式的金罍，殷、周时古味盎然的一种青铜器。博古家所命名的各种锈彩，它都是具备着的。

你以为它真是盛酒的金罍吗？它会笑你呢。秋天来了，它对于自己的戏法好像忍俊不禁地，破口大笑起来，露出一口的皓齿。那样透明光嫩的皓齿你在别的地方还看见过吗？

我本来就喜欢夏天。夏天是整个宇宙向上的一个阶段，在这时使人的身心解脱尽重重的束缚。因而我更喜欢这夏天的心脏。

有朋友从昆明回来，说昆明石榴特别大，籽粒特别丰腴，有酸甜两种，酸者味更美。

禁不住唾津的潜溢了。

1942 年 10 月 31 日

---

① 是英文 ampulla 的音译，即一种尖底胆瓶。——作者原注

# 忆成都

离开成都竟已经三十年了。一九一三年便离开了它，一直到现在都还不曾和它见面。但它留在我的记忆里，觉得比我的故乡乐山还要亲切。

在成都虽然读过四年书，成都的好处我并不十分知道，我也没有什么难忘的回忆留在那儿，但不知怎的总觉得它值得我怀念。

回到四川来也已经五年了，论道理应该去去成都，但一直都还没有去的机会。我实在也是有些踌躇。

三年前我回过乐山，乐山是变了，特别是幼年时认为美丽的地方变得十分丑陋。凌云山的俗化，苏子楼的颓废，高标山的荒芜，简直是不堪设想了。

美的观感在我自己不用说是已经有了很大的变迁，

客观的事物经过了三二十年自然也是要发生变化的。三二十年前的少女不是都已经成了半老的徐娘了吗？

成都，我想，一定也变了。草堂寺的幽邃，武侯祠的肃穆，浣花溪的潇洒，望江楼的清旷，大率都已经变了，毫不容情地变了。

变是当然的，已经三十年了，即使是金石也不得不变。更何况这三十年是变化最剧烈而无轨道的一世！旧的颓废了，新的正待建设。在民族的新的美感尚未树立的今天，和谐还是观念中的产物。

但成都实在是值得我怀念，我正因为怀念它，所以我踌躇着不想去见它，虽然我也很想去看看抚琴台下的古墓，望江楼畔的石牛。

对于新成都的实现我既无涓滴可以寄与，暂时把成都留在怀念里，在我是更加饶于回味的事。

1943 年 2 月 13 日

# 竹荫读画[1]

  傅抱石[2]的名字，近年早为爱好国画、爱好美术的人所知道了的。

  我的书房里挂着他的一幅《桐阴读画》，是去年十月十七日，我到金刚坡下他的寓所中去访问的时候，他送给我的。七株大梧桐树参差的挺在一幅长条中，前面一条小溪，溪中有桥，桥上有一扶杖者，向桐阴中的人家走去。家中轩豁，有四人正展观画图。其上仿佛书斋，有童子一人抱画而入。屋后山势壮拔，有瀑布下流。桐树之间，补以绿竹。

  图中白地甚少，但只觉一望空阔，气势苍沛。

---

  ① 本篇最初收入 1945 年 9 月出版的小说散文集《波》。

  ② 傅抱石（1904—1965），江西新余人。画家，美术教育家。

来访问我的人，看见这幅画都说很好，我相信这不会是对于我的谀辞。但别的朋友，尽管在美术的修养上，比我更能够鉴赏抱石的作品，而我在这幅画上却享有任何人所不能得到的画外的情味。

　　三十二年十月十七日沫若先生惠临金刚坡下山斋，入蜀后最上光辉也。……

抱石在画上附题了几行以为纪念，这才真是给予了我"最上光辉"。

我这一天日记是这样记着的：

　　十月十七日，星期日。

　　早微雨，未几而霁，终日昙。因睡眠不足，意趣颇郁塞。……

　　十时顷应抱石之约，往访之，中途遇杜老，邀与同往。抱石寓金刚坡下，乃一农家古屋，四围竹丛稠密，颇饶幽趣。展示所作画多幅，意思渐就豁然。更蒙赠《桐阴读画图》一帧，美意可感。

夫人时慧女士享以丰盛之午餐。食时谈及北伐时在南昌城故事。时慧女士时在中学肄业，曾屡次听余讲演云。

立群偕子女亦被大世兄亲往邀来，直至午后三时，始怡然告别。……

记得过于简单，但当天的情形是还活鲜鲜地刻印在我的脑子里面的。

我自抗战还国以后，在武汉时代特别邀了抱石来参加政治部的工作，得到了他不少的帮助。武汉撤守后，由长沙而衡阳，而桂林，而重庆，抱石一直都是为抗战工作孜孜不息的。回重庆以后，政治部分驻城乡两地，乡部在金刚坡下，因而抱石的寓所也就定在了那儿。后来抱石回到教育界去了，但他依然舍不得金刚坡下的环境，没有迁徙。据我所知，他在中大或艺专任课，来往差不多都是步行的。

我是一向像候鸟一样，来去于城乡两地的人，大抵暑期在乡下的时候多，雾季则多住在城里。在乡时，抱石虽常相过从，但我一直没有到他寓里去访问过，去年的十月十七日是唯一的一次。

我初以为相隔得太远，又加以路径不熟，要找人领路未免有点麻烦；待到走动起来，才晓得并不那么远。在中途遇着杜老，邀他同行；他是识路的，便把领路的公役遣回去了。

杜老抱着一部《淮南子》，正准备去找我，因为我想要查一下《淮南子》里面关于秦始皇筑驰道的一段文字。

我们在田埂上走着，走向一个村落。金刚坡的一带山脉，在右手绵亘着，蜿蜒而下的公路，历历可见。我们是在山麓的余势中走着的。

走不上十分钟光景吧，已经到了村落的南头。这儿我在前是走到过的，但到这一次杜老告诉我，我才知道村落也就叫金刚坡。有溪流一道，水颇湍急，溪畔有一二家面坊，作业有声。溪自村的两侧流绕至村的南端，其上有石桥，名龙凤桥。过桥，再沿溪西南行，不及百步，便有农家一座，为丛竹所拥护，葱茏于右侧。杜老指出道，那便是抱石的寓所了。

相隔得这样近，我真是没有想出。而且我在几天前的重九登高的时候，分明是从这儿经过过的，那真可算是"过门而不入"了。

竹丛甚为稠密，家屋由外面几乎不能看出。走入竹丛后照例有一带广场，是晒稻子的地方，横长而纵狭。屋颇简陋并已朽败。背着金刚坡的山脉，面临着广场，好像是受尽了折磨的一位老人一样。

抱石自屋内笑迎出来了，他那苍白的脸上涨漾着衷心的喜悦。他把我们引进了屋内。就是面临着广场的一进厅堂，为方便起见，用篱壁隔成了三间。中间便是客厅，而兼着过道的使用，实在不免有些逼窄。这固然是抗战时期的生活风味，然而中国艺术家的享受就在和平时期似乎和这也不能够相差得很远。

我们中国人的嗜好颇有点奇怪，画一定要古画才值钱，人一定要死人才贵重。对于活着的艺术家的优待，大约就是促成他穷死，饿死，病死，愁死，这样使得他的人早点更贵重些，使得他的画早点更值钱些的吧？精神胜于物质的啦，可不是！

抱石，我看是一位标准的中国艺术家，他多才多艺，会篆刻，又会书画，长于文事，好饮酒，然而最典型的，却是穷，穷，第三个字还是穷。我认识他已经十几年了，他的艺术虽然已经进步得惊人，而他的生活却丝毫也没有改进。"穷而后工"的话，大约在绘事上也是适用的吧？

抱石把他所有的制作都抱出来给我看了，有的还详细的为我说明。我不是鉴赏的事，只是惊叹的事。的确也是精神胜于物质，那样苍白色的显然是营养不良的抱石，哪来这样绝伦的精力呵？几十张的画图在我眼前就像电光一样闪耀，我感觉着那矮小的农家屋似乎就要爆炸。

抱石有两位世兄，一位才满两岁的小姐。大世兄已经十岁了，很秀气，但相当屠弱，听说专爱读书，学校里的先生在担心他过于勤毛了。他也喜欢作画，我打算看他的画，但他本人不见了。隔了一会他回来了，接着，立群携带着子女也走进来了，我才知道大世兄看见我一个人来寓，他又跑到我家里去把他们接来了的。

时慧夫人做了很多的菜来款待，喝了一些酒，谈了一些往事。我们谈到在日本东京时的情形。我记得有一次在东京中野留学生监督周慧文家里晚餐，酒喝得很多，是抱石亲自把我送到田端驿才分手的。抱石却把年月日都记得很清楚，他说是："二十三年二月三日，是旧历的大除夕。"

抱石在东京时曾举行过一次展览会，是在银座的松坂屋，开了五天，把东京的名人流辈差不多都动员了。有名的篆刻家河井仙郎，画家横山大观，书家中村不折，帝国美术院院长正木直彦，文士佐藤春夫辈，都到了场，有的买了他的图章，有的买了他的字，有的买了他的画。虽然收入并不怎么可观，但替中国人确实是吐了一口气。

我去看他的个展时是第二天，正遇着横山大观在场，有好些随员簇拥着他，那种飘飘然的傲岸神气，大有王侯的风度。这些地方，日本人的习尚和我们有些不同。横山大观也不过是一位画家而已。他是东京人，自成一派，和西京的巨头竹内栖凤对立，标榜着"国粹"，曾经到过意大利，和墨索里尼拉手。他在日本画坛的地位真是有点煊赫。自然，日本也有的是穷画家，但画家的社会比重要来得高些，一般是称为"画伯"的。

抱石在东京个展上摄了一些照片，其中有几张我题的诗，有一张我自己在看画时的背影。他拿出来给我们看了，十年前的往事活呈到了眼前，颇有一种难以言喻的情趣。

我劝抱石再开一次个展，他说他有这个意思，但能卖出多少没有一定的把握。是的，这是谁也不敢保险的。不过我倒有胆量向一般有购买力的社会人士推荐；因为毫无问题，在将来抱石的画是会更值钱的。

午饭过后杂谈了一些，李可染和高龙生①也来了，可染抱了他一些近作来求抱石品评。抱石又把自己的画拿出来，也让二位鉴赏了。在我告辞的时候，他捡出三张画来，要我自己选一张，他决意送我，我有点惶恐起来。别人的宝贵制作，我怎好一个人据为私有呢？我也想到在日本时，抱石也曾经送过我一张，然而那一张是被抛弃在日本的。旧的我都不能保有，新的我又怎能长久享受呢？我不敢要，因而我也就不敢选。然而抱石自己终把这《桐阴读画》选出来，题上了字，给了我。

---

① 李可染（1907—1989），江苏徐州人。国画家，美术教育家。高龙生（1903—1977），山东蓬莱人，漫画家。

真是值得纪念的"三十二年十月十七日"！

抱石送我们出了他的家，他指着眼前的金刚坡对我说："四川的山水四处都是画材，我大胆地把它采入了我的画面，不到四川来，这样雄壮的山脉我是不敢画的。"

——"今天的事情，你可以画一幅'竹阴读画'图啦，读画的人不是古装的，而是穿中山装的高龙生、李可染、杜守素、郭沫若，还有夫人和小儿女。"我这样说着。

大家都笑了。大家也送着我们一直走出了竹林外来。

当到分手的时候，抱石指着时慧夫人所抱的二岁的小姐对我们说："这小女儿最有趣，她左边的脸上有一个很深的笑窝，你只要说她好看，她非常高兴。"

真的，小姑娘一听到父亲这样说，她便自行指着她的笑窝了，真是美，真是可爱得很。

时间很快的便过去了，在十月十七日后不久，我们便进了城；虽然住在被煤烟四袭的破楼房里，但抱石的《桐阴读画》万分超然的挂在我的壁上。任何人看了都说这幅画很好，但这十月十七日一天的情景，非是身受者是不能从这画中读出来的。因而我感觉着值得夸耀，我每天都接受着"最上光辉"。

# 致宗白华 (节选)①

　　我想我们的诗只要是我们心中的诗意诗境底纯真的表现，命泉中流出来的 strain②，心琴上弹出来的 melody③，生底颤动，灵底喊叫；那便是真诗，好诗，便是我们人类底欢乐底源泉，陶醉底美酿，慰安底天国。我每逢遇着这样的诗，无论是新体的或旧体的，今人的或古人的，我国的或外国的，我总恨不得连书带纸地把他吞了下去，我总恨不得连筋带骨地把他融了下去。我想你的诗一定是我们心中的诗境诗意底纯真的表现，一定是能使我融筋化骨的真诗，好诗；你何苦要那样地暴殄，要

---

① 本篇最初发表于 1920 年 2 月 1 日。
② 英语：曲调。
③ 英语：旋律。

使他无形中消灭了去呢？你说："我们心中不可无诗意诗境，却不必定要做诗。"这个自然是不错的。只是我看你不免还有沾滞的地方。怎么说呢？我想诗这样东西似乎不是可以"做"得出来的。我想你的诗一定也不会是"做"了出来的。Shelley① 有句话说得好，他说：A man connot say, I will compose Poetry。Goethe② 也说过：他每逢诗兴来了的时候，便跑到书桌旁边，将就斜横着的纸，连摆正他的时候也没有，急忙从头至尾地矗立着便写下去。我看哥德这些经验正是显勒那句话底实证了。诗不是"做"出来的，只是"写"出来的。我想诗人底心境譬如一湾清澄的海水，没有风的时候，便静止着如像一张明镜，宇宙万汇底印象都涵映着在里面；一有风的时候，便要翻波涌浪起来，宇宙万汇底印象都活动着在里面。这风便是所谓直觉，灵感（inspiration），这起了的波浪便是高涨着的情调。这活动着的印象便是徂徕着的想象。这些东西，我想来便是诗底本体，只要

---

① 雪莱（Percy Bysshe Shelley, 1792—1822），英国诗人。后文提到的显勒正是雪莱。

② 歌德（Johann Wolfgang von Góethe），德国思想家，作家。

把他写了出来的时候，他就体相兼备。大波大浪的洪涛便成为"雄浑"的诗，便成为屈子底《离骚》，蔡文姬底《胡笳十八拍》，李杜底歌行，当德①（Dante）底《神曲》，弥尔栋（Milton）底《乐园》②，哥德底《弗司德》③；小波小浪的涟漪便成为"冲淡"的诗，便成为周代底国风，王维底绝诗。日本古诗人西行上人与芭蕉翁底歌句，泰果尔④底《新月》。这种诗底波澜，有他自然的周期，振幅（Rhythm），不容你写诗的人有一毫的造作，一刹那的犹豫，硬如哥德所说连摆正纸位的时间也都不许你有。说到此处，我想诗这样东西倒可以用个方式来表示他了：

$$诗 = （直觉+情调+想象）+（适当的文字）$$

Inhalt⑤ Form⑥

---

① 通译为但丁。
② 这里指英国诗人弥尔顿的《失乐园》。
③ 通译为《浮士德》。
④ 通译为泰戈尔。
⑤ 德语：内容。
⑥ 德语：形式。

照这样看来，诗底内涵便生出人底问题与艺底问题来。Inhalt 便是人底问题，Form 便是艺底问题。归根结底我还是佩服你教我的两句话。你教我："一方面多与自然和哲理接近，以养成完满高尚的'诗人人格'；一方面多研究古昔天才诗中的自然音节，自然形式，以完满'诗底构造'。"白华兄！你这两句话我真是铭肝刻骨的呢！你有这样好的见解，所以我相信你的诗一定是好诗，真诗。我很希望你以后"写"出了诗的时候，你千万不要再把他打消，也该发表出来安慰我们下子呀！

# 我的作诗的经过

好些朋友到现在都还称我是"诗人",我自己有点不安,觉得"诗人"那顶帽子,和我的脑袋似乎不大合适。不过我作过诗,尤其新诗,是事实。有过些新诗集出版也是事实。这些事实虽只有十几年的历史,而这历史似乎已经要归入考古学的部门了。我最近看了一位批评家①批评我的诗,他以《瓶》为我的"最后的诗",是"残余的情热的最后的火花";又说我的"最好的诗是发表在《创造周报》上的诗,然而不晓得什么原故,《沫若诗集》(现代版)里并没有收集"。他竟至不知道在《瓶》后还有一部更长的"连续的诗篇"叫"恢

① 韩侍桁《郭沫若诗歌的反抗精神》(《今代文艺》第二期)。——作者原注

— 55 —

复"，而《创造周报》里的那些诗是收在名叫"前茅"的一个集子里面的。这《恢复》和《前茅》的两个集子在现代版的初版《沫若诗集》里也都是包含着的。

鉴于有这样人为的淹没，又鉴于到了现在都还有人对于我的诗抱着批评的兴趣，我便起了心，索性让我自己来写出这一篇我的作诗的经过。

诗，假如要把旧诗都包含在里面，那我作诗的经过是相当长远的。我自己是受科举时代的余波淘荡过的人，虽然没有做过八股，却作过"赋得体"的试帖诗，以及这种诗的基步——由二字至七字以上的对语。这些工作是从七八岁时动手的。但这些工作的准备，即读诗，学平仄四声之类，动手得尤其早，自五岁发蒙时所读的《三字经》《唐诗正文》《诗品》之类起，至后来读的《诗经》《唐诗三百首》《千家诗》之类止，都要算是基本工作。由这些基本工作及练习，到十三岁进小学受新式教育为止，虽然也学到了一些旧诗的滥调，时而也作过一些到现在都还留在记忆里的绝诗的短章，但是真正的诗的趣味和才能是没有觉醒的。

我的诗的觉醒期，我自己明确地记忆着，是在一九一三年。那时候我已经二十二岁了，还是成都高等学堂的一年生。当时的四川教育界的英文程度是很低的，在中学校里读了五年的英文只把匡伯伦的《廿世纪读本》的前三本读了，但那其中的诗是除外了的：因为那时候的英文教员照例不教诗。他们说诗没有用处，其实他们有一多半是读不懂。一九一三年进了高等学校的实科，英文读本仍然是匡伯伦。大约是在卷四或卷五里面，发现了美国的朗费洛（Longfellow）的《箭与歌》（*Arrow and Song*）那首两节的短诗，一个字也没有翻字典的必要便念懂了。那诗使我感觉着异常的清新，我就好像第一次才和"诗"见了面的一样。诗的原文我不记得了，目下我手里也没朗费洛的全集，无由查考，但那大意我是记得的。那是说，诗人有一次射过箭，箭飞去了，但后来又发现着，在一座林子里面；诗人有一次唱过一首歌，歌声飞去了，但后来又发现着，在一位朋友的耳里。就这样一个简单的对仗式的反复，使我悟到了诗歌的真实的精神。并使我在那读得烂熟、但丝毫也没感觉受着它的美感的一部《诗经》中尤其《国风》中，才感受着了同样的清新，同样的美妙。

但在我们的那个时代是鄙弃文学的时代，实业救国、科学救国的口号成了一般智识阶级的口头禅。凡是稍微有点资质的人都有倾向于科学或实业的志愿，虽然当时的教育在这一方面却并不能够满足那样的要求。就在这样的风气之下，像我这样本是倾向于文学的人，对于文学也一样的轻视。虽然诗的真面目偶尔向自己的悟性把面罩揭开了来，但也拒绝了它，没有更进一步和它认识的意欲。我是在一九·三年的下半年离开了四川的，而且就在那年的年底离开了中国。离开了四川是因为考上了天津的军医学校，离开了中国是因为不满意那军医学校而跑到了日本。离开四川是一本文学的书也没有带的。离开中国时，只带着一部在北平偶尔买来消遣的《昭明文选》①，但这部书到了日本以后也是许久没有翻阅过的。

我到了日本东京是一九一四年正月。费了半年工夫考上了东京第一高等学校的预科——那时的留学生是要住一年预科，再住三年本科然后升进大学的。在预科的

---

① 南北朝梁昭明太子萧统（501—531）主持编选，是我国最早的一部诗文选集。

第二学期，一九一五年的上半年，一位同住的本科生有一次从学校里带了几页油印的英文诗回来，是英文的课外读物。我拿到手来看时，才是从太戈尔①的《新月集》上抄选的几首，是《岸上》（*On the Seashore*），《睡眠的偷儿》（*Sleep-Stealer*）和其他一两首。那是没有韵脚的，而多是两节，或三节对仗的诗，那清新和平易径直使我吃惊，使我一跃便年轻了二十年！当时日本正是太戈尔热流行着的时候，因此我便和泰戈尔的诗结了不解缘，他的《新月集》《园丁集》《吉檀伽利》《爱人的赠品》，译诗《伽毗尔百吟》（*One Hundred Poems of Kabir*），戏剧《暗室王》，我都如饥似渴地买来读了。在他的诗里面我感受着诗美以上的欢悦。在这时候我偶尔也和比利时的梅特灵克的作品接近过，我在英文中读过他的《青鸟》和《唐太几之死》，他的格调和太戈尔相近，但太戈尔的明朗性是使我愈见爱好的。

既嗜好了泰戈尔，便不免要受他们的影响。在那个时期我在思想上是倾向着泛神论（Pantheism）的，在少

---

① 通译为泰戈尔。

年时所爱读的《庄子》里面发现出了洞辟一切的光辉，更进而开始了对于王阳明的礼赞，学习静坐。有一次自己用古语来集过一副对联，叫着"内圣外王一体，上天下地同流"，自己非常得意。那时候的倾向，差一步便可以跨过疯狂的门阈。把我从这疯狂的一步救转了的，或者怕要算是我和安娜的恋爱吧？但在这儿我不能把那详细的情形来叙述。因为在一九一六年的夏秋之交有和她的恋爱发生，我的作诗的欲望才认真地发生了出来。《女神》中所收的《新月与白云》《死的诱惑》《别离》《维奴司》，都是先先后后为她而作的。《辛夷集》的序也是一九一六年的圣诞节我用英文写来献给她的一篇散文诗，后来把它改成了那样的序的形式。还有《牧羊哀话》里面的几首牧羊歌，时期也相差不远。那些诗是我最早期的诗，那儿和旧式的格调还没有十分脱离，但在过细研究过太戈尔的人，他可以知道那儿所表示着的太戈尔的影响是怎样的深刻。

在和安娜恋爱以后另外还有一位影响着我的诗人是德国的海涅，那时候我所接近的自然只是他的恋爱诗。他的诗表示着丰富的人间性，比起太戈尔的超人间性的来，我觉得更要近乎自然。这两位诗人的诗，有一个时期我曾经从事迻译，尤其太戈尔的诗我选择了不少。在一九一七年的下半年因为我的第一个儿子要出生，没有钱，我便辑了一部《太戈尔诗选》，用汉英对照，更加以解释。写信向国内的两大书店求售，但当时我在中国没有人知道固不用说，就连太戈尔也是没有人知道的，因此在两家大书店的门上便碰了钉子。《海涅诗选》我在一九一八年的暑间又试办过，但也同样地碰了钉子。

一九一八年的秋间我已升进了福冈的九州大学医学部，住在博多湾的海岸上。在那时作的《鹭鸶》《新月与晴海》《春愁》等诗明白地还在太戈尔与海涅的影响之下。

一九一九年以前我的诗，乃至任何文字，除抄示给几位亲密的朋友之外，从来没有发表过。当时胡适们在《新青年》上已经在提倡白话诗并在发表他们的尝试，但我因为处在日本的乡下，虽然听得他们的风声却不曾拜读过他们的大作。《新青年》杂志和我见面是在一九二〇年回上海以后。我第一次看见的白话诗是康白情的《送许德珩赴欧洲》①（题名大意如此），是一九一九年的九月在《时事新报》的《学灯》栏上看见的。那诗真真正正是白话，是分行写出的白话，其中有"我们喊了出来，我们做得出去"那样的词句，我看了也委实吃了一惊。那样就是白话诗吗？我在心里怀疑着，但这怀疑唤起了我的胆量。我便把我的旧作抄了两首寄去，一首就是《鹭鸶》，一首是《抱和儿在博多湾海浴》（此诗《女神》中似有②，《诗集》中未收）。那时的《学灯》的编辑是郭绍虞③，我本不认识，但我的诗寄去不久便发表了出来。第一次看见了自己的作品印成铅字，真是有说不出来的高兴。于是我的胆量也就愈见增大了，我把已成的诗和新得的诗都陆续寄去，寄去的大多登载了出来，这不用说更增进了我的作诗的兴会。

一九一九年是五四运动发生的一年，我们在那年的夏天，响应国内的运动，曾经由几位朋友组织过一个集会，名叫"夏社"，干过些义务通信的事情。因为要和

---

① 应为《送慕韩往巴黎》，载 1919 年 8 月 29 日《学灯》。
② 《女神》中也没有收入。——作者原注
③ 应为郭虞裳，当时任《学灯》主编。

国内通信，至少须得定一份国内的报纸，当时由大家选定了《时事新报》。因此才得以看见《学灯》，才得以看见康白情诸人的诗，这要算是偶尔的机缘。假如那时订阅的是《申报》《时报》之类，或许我的创作欲的发动还要迟些，甚至永不见发动也说不定。在我接触了《时事新报》后，郭绍虞的《学灯》编辑似乎没有持续到两个月，他自己便到欧洲去了，继他的后任的是宗白华。宗白华接事后，他有一个时期似乎不高兴新诗，在《学灯》上不见有新诗发表，我寄去的东西也都不见发表出来。等到后来我同他通过一次信，是论墨子的思想，这信是在《学灯》上发表过的，得到了他的同情，他便和我通起了信来，并把我先后寄去存积在那儿的诗，一迸地拿出来发表了。因而在一九一九年和一九二〇年之交的《学灯》栏，差不多天天都有我的诗。

我因为自来喜欢庄子，又因为接近了太戈尔，对于泛神论的思想感受着莫大的牵引。因此我便和欧洲的大哲学家斯宾那沙（Spinoza）的著作，德国大诗人歌德的诗，接近了。白华在那时也是倾向于泛神论的，这层便更加促进了我们两人的接近。他时常写信来要我作些表示泛神论的思想的诗。我那时候不知从几时起又和美国的惠特曼的《草叶集》，德国的华格讷的歌剧接近了，两人也都是有点泛神论的色彩的，而尤其是惠特曼的那种把一切的旧套摆脱干净了的诗风和五四时代的暴飙突进的精神十分合拍，我是彻底地为他那雄浑的豪放的宏朗的调子所动荡了。在他的影响之下，应着白华的鞭策，我便作出了《立在地球边上怒号》《地球，我的母亲》《匪徒颂》《晨安》《凤凰涅槃》《天狗》《心灯》《炉中煤》《巨炮的教训》等那些男性的粗暴的诗来。这些都由白华在《学灯》栏上替我发表了，尤其是《凤凰涅槃》把《学灯》的篇幅整整占了两天，要算是辟出了一个新纪录。

《地球，我的母亲》是一九一九年学校刚放好了年假的时候作的，那天上半天跑到福冈图书馆去看书，突然受到了诗兴的袭击，便出了馆，在馆后僻静的石子路上，把"下驮"（日本的木屐）脱了，赤着脚踱来踱去，时而又率性倒在路上睡着，想真切地和"地球母亲"亲昵，去感触她的皮肤，受她的拥抱。——这在现在看起来，觉得是有点发狂，然在当时却委实是感受着迫切。

在那样的状态中受着诗的推荡，鼓舞，终于见到了她的完成，便连忙跑回寓所把来写在纸上，自己觉得就好像真是新生了的一样。诗写好了，走到近处的一位广东同学寓里去，那人有家在横滨，正要回去过年，他有一口大皮箧，自己拿不动要去雇人，我便想到我一肚皮的四海同胞的感念不在这时候表现出来是不行的，因此我便自告奋勇替他扛在肩上，走了两里路的光景，把那朋友送上车站去上车。自己是愉快得了不得。

《凤凰涅槃》那首长诗是在一天之中分成两个时期写出来的。上半天在学校的课堂里听讲的时候，突然有诗意袭来，便在抄本上东鳞西爪地写出了那诗的前半。在晚上行将就寝的时候，诗的后半的意趣又袭来了，伏在枕上用着铅笔只是火速的写，全身都有点作寒作冷，连牙关都在打战。就那样把那首奇怪的诗也写了出来。那诗是在象征着中国的再生，同时也是我自己的再生。诗语的定型反复，是受着华格讷歌剧的影响，是在企图着诗歌的音乐化，但由精神病理学的立场上看来，那明白地是表现着一种神经性的发作。那种发作大约也就是所谓"灵感"（inspiration）吧？

在一九一九年和一九二〇年之交，那种发作时时来袭击我。一来袭击，我便和扶着乩笔的人一样，写起诗来。有时连写也写不赢。但这种发作期不久也就消失了。

一九二〇年五月，宗白华也卸下了《学灯》编辑的责任到德国去留学，继他的后任的是我们已故的"大哲学家"李石岑。这位李先生也照常找我投稿，但他每每给我以不公平的待遇，例如他要把两个人或三个人的诗同时发表时，总是把我的诗放在最后。有一次他把我的诗附在另一位诗人的诗后发表了，但那位诗人的诗是我在《学灯》上发表过的《呜咽》一诗的抄袭，仅仅改头换面地更换了一些字句。这件微细的事不知怎的就像当头淋了我一盆冷水。我以后便再没有为《学灯》写诗，更把那和狂涛暴涨一样的写诗欲望冷下去了。

有些人说作家须得冷，这或许是一片真理，但无论是怎样冷的作家，他所需要的是自己的冷，而不是别人对于他的冷。对于一位作家的冷遇、冷视，对于一篇作品的冷言、冷语，对于作家是最可怕的毒。有些世故很深的人是有意识地利用这项冷毒为武器的。这比任何毒恶的谩骂还要厉害，这是一种消极的杀人法，继母虐待儿女，有不打不骂，而只不给以充分的粮食，使之渐进地饿死的，便是这一种。我自己是受惯了冷害的人，大约冷的免疫性是已经有了的，虽然时而仍不免其觳觫；而对于享有大名的人对于年轻人的冷言、冷语，尤其感觉着不平。

在这儿我顺便要插说两件事，一件是我说"翻译是媒婆"，一件是郁达夫最初为《创造季刊》登预告时的广告文中有一句牢骚话，说"有人垄断文坛"。这两件往事，都是因李石岑而发生的。李石岑编《学灯》，在有一次的双十增刊上登了文艺作品四篇。第一篇是周作人译的日本短篇小说，第二篇是鲁迅的《头发的故事》，第三篇是我的《棠棣之花》，第四篇是茅盾译的爱尔兰的独幕剧。我很欣赏《头发的故事》，而不知道鲁迅是谁。但把《头发的故事》排在译文后边，使我感到不平。因而便激起了我说"翻译是媒婆，创作是处女，处女应该加以尊重"的话。这话再经腰斩便成为"翻译是媒婆"。这使一些翻译家和非翻译家恼恨至今，一提起这句话来，就像有点咬牙切齿的痛恨。恨这句话的人有好些自然知道是出于我，但有大多数我相信并不明白这句话的来源，只是人云亦云罢了。但其实"翻译"依然是"媒婆"，这没有过分的"捧"，也没有过分的"骂"。"媒婆"有好的有不好的，翻译也有好的有不好的。要说"媒婆"二字太大众化了有损翻译家的尊严，那就美化一点，改为"红叶"，为"蹇修"，或新式一点，为"媒介"，想来是可以相安无事的吧。单是说翻译，拿字数的多寡来说，能够超过了我的翻译家，我不相信有好几个。拿着半句话便说我在反对翻译，或创造社的人反对翻译，这种婆婆妈妈的逻辑，怕是我们中国文人的特产。

达夫的"垄断文坛"那句话也被好些多心的人认为是在讥讽文学研究会，其实是另外一回事。在一九二〇年前后，达夫在成为创造社同人之前，有一个时期是民铎社的社友。民铎社那时出着一种杂志就叫"民铎"，是李石岑在主编。李之于《民铎》颇有点独裁者的风度，因此他们社里人都对他啧有烦言。又加以李在编《学灯》，达夫在一九二一年初头做了那篇处女作《银灰色之死》寄给石岑，要他在《学灯》发表。然而寄去三个月，作品不见发表，连回信也没有。鼎鼎大名的郁达夫先生在未出名时也受过这样的冷遇，这是富有教训意义的一段逸事。这事是那年的六月我们为创造社的组织聚首在东京时，他亲自向我提起的，并叫我回上海后从李处把那篇小说稿取回。然而在我六月尾回上海后，不久那篇小说却又在《学灯》上和世人见面了。这些便是使达夫先生写出了"垄断文坛"那句话的动机。那时李石岑还没有入文学研究会，郁达夫也和文学研究会的人没有交涉。我相信他写那句话时，并不会有文学研究会存在他的意识里面。然而不幸达夫是初回国，对于国内的情形不明，一句无存心的话便结下了创造社和文学研究会的不解的冤仇。

旧事重提，一扯便不免扯得太远。总之，在我自己的作诗的经验上，是先受了太戈尔诸人的影响力主冲淡，后来又受了惠特曼的影响才奔放起来的。那奔放一遇着外部的冷气又几乎凝成了冰块。有好些批评家不知道我这些经过，以为那些奔放的粗暴的诗是我初期的尝试，后来技巧增进了才渐渐地冲淡了起来，其实和事实不符。我自己本来是喜欢冲淡的人，譬如陶诗颇合我的口味，而在唐诗中我喜欢王维的绝诗，这些都应该是属于冲淡的一类。然而在五四之后我却一时性地爆发了起来，真是像火山一样爆发了起来。这在别人看来虽嫌其暴，但在我是深有意义的，我在希望着那样的爆发再来。

我和歌德接近也是在一九一九年的暑间，那时我译过他的《浮士德》的《夜》，在书斋中的那一场独白，是在那年的《学灯》的双十节增刊上发表了的。第二年又译过《浮士德》第二部第一幕的《风光明媚的地方》，也在《学灯》上发表过。因为我有这两次的发表，在一九二〇年的初夏便接到当时的共学社的怂恿，从事《浮士德》的全译。在暑假中只译完了第一部，却没有得到发表的机会。

此外关于诗的工作比较称心的，有《卷耳集》的翻译，《鲁拜集》的翻译，雪莱诗的翻译，但这些对于我的诗作经过都不能够划分出时代。《创造周报》时代作的一些诗有第二期的惠特曼式恢复的形势，但因周围的沉闷局势和诗的英雄格调不相称，自己嫌其空叫，只作了几首便又消逝了。《瓶》是一种独创的形式，那是在"五卅"之前的一段插话。"五卅"一来，那《瓶》也真如"一个破了的花瓶倒在墓前"了。《恢复》是一九二八年大革命失败，在沪大病后在病的恢复期中所作的，里面也还有些可读的诗，但嫌气魄不雄厚，而有时更带着浓重的悲抑气味。

我对于诗仍然是没有断念的，但我并不像一般的诗人一样，一定要存心去"做"。有人说我不努力，有人说我向散文投降了，这些非难似乎都没有接触着我的本心。我自己的本心在期待着：总有一天诗的发作又会来袭击我，我又要如冷静了的火山重新爆发起来。在那时候我要以英雄的格调来写英雄的行为，我要充分地写出些为高雅文士所不喜欢的粗暴的口号和标语。我高兴做个"标语人""口号人"，而不必一定要做"诗人"。我尤其不相信，只有杨柳才是树子，而木棉①却是动物。

1936 年 9 月 4 日夜

————————

① 南方多此木，一名英雄树。——作者原注

# 写在菜油灯下

考虑到在历史上的地位，和那简练、有力、极尽了曲折变化之能事的文体，我感觉着鲁迅有点像“文起八代之衰而道济天下之溺”的韩愈，但鲁迅的革命精神，他对于民族的贡献和今后的影响，似乎是过之而无不及。

鲁迅生长在民族最苦厄的时代，他吐出了民族在受着极端压抑下的沉痛的呼声。内在的重重陈腐，外来的不断侵凌，毫不容情地压抑着我们，有时几乎快要使我们窒气。但我们就在那样的态度之下，顷刻也不曾停止过反抗的呼声。这呼声像在千岩万壑中冲迸着的流泉，蜿蜒，洄沍，激荡，停蓄，有时在深处潜行，有时忽然暴怒成银河倒泻的瀑布。

这呼声，尤其是近二十年来的，通被录音下来了，便在鲁迅的全部著述里面。

民族的境遇根本不平，代表民族呼声的文字自然不能求其平畅。

民族的境遇根本暗淡，反映民族生活的文字自然不能求其鲜丽。

汪洋万顷的感觉，惠风和畅的感觉，在鲁迅的文字中罕有。这与其说是鲁迅的性格使然，宁是时代的性格使然。


许多对于鲁迅的恶评："褊狭""偏私""刻薄"，"世故"……事实上，都是有意无意的诬蔑。

我不曾和鲁迅见过面，他的生活、性情、思想，不曾有过直接的接触。——这在我是莫大的遗憾。

但以鲁迅的学识、经验、名望，假如他真是"世故"，或多少"世故"得一点，他决不会那样疾恶如仇，尽力以他的标枪匕首向社会恶魔投掷。

假如要代表社会恶魔来说话，那鲁迅诚不免是"褊狭""偏私""刻薄"。这在鲁迅正是光荣。

我曾经对于骂鲁迅的人，替鲁迅说过这样的几句话：

"同一样是骂人，而鲁迅之所以受青年爱戴者，是因为他所骂的对象，既成的社会恶魔，为无染的青年所未具有。鲁迅之骂是出于爱，他是爱后一代人，怕他们沾染了积习，故不惜呕尽心血，替青年们作指路的工夫，说这儿有条蛇，那儿有只虎，这儿有个坑，那儿有个坎，然而也并不是叫他们一味回避，而是鼓励他们把那蛇虎驱掉，把那坎陷填平。"

这几句话，我不敢说果能道着鲁迅的心事，但在我是毫无溢美、毫无阿好的直感。

鲁迅在时，使一部分人"有所恃而不恐"，使另一部分人"有所惮而不为"的，现在鲁迅已经离开我们四年了。

蛇虎呢？依然出没。坎陷呢？依然纵横。

剩给我们的是：加紧驱逐和填平的工作。


鲁迅是奔流，是瀑布，是急湍，但将来总有鲁迅的海。

鲁迅是霜雪，是冰雹，是恒寒，但将来总有鲁迅的春。

1940 年 6 月

# 蒲剑·龙船·鲤帜

　　端午节相传是纪念屈原的日子，据说屈原是在这一天跳进汨罗江里自杀了，后人哀悼他，便普遍地举行种种的仪式来对他作纪念。这传说是很有诗意的。不过在古时在有些地方也有把这个日子认为是纪念伍员①的。例如曹娥的父亲便是以五月五日迎伍君，逆涛而上，为水所淹死。② 大约伍员的死期也是五月五日（《左传》鲁哀公十一年所载吴杀伍员与鲁伐齐事，正在五月）。后来却为屈原所独占了。

　　抗战以来，因为国家临到了相当危险的关头，屈原的身世和作品又唤起了人们的注意，端午节的意义因而

① 　伍员，即伍子胥，春秋时楚国大夫。
② 　事见《后汉书》卷一一四《孝女曹娥传》。

也更被重视了。特别在今年，有好些作诗的人竟把这个节日定名为"诗人节"。所纪念的本是诗人，纪念的仪式又富有诗意，定名"诗人节"，似乎比"天中""地腊""端阳""重午"……这样的旧名称要来得新鲜一点。但我希望这个民族的大众纪念节日，不要被解释为少数的"诗人"所垄断，那就好了。

端午节这个日期的确是富有诗意，觉得比中秋节更是可爱。前人有把诗与文分为阳刚和阴柔两类的，象征地说来，可比端午为阳刚的诗，中秋为阴柔的诗吧。拿楚国的两个诗人来说，屈原便合乎阳刚，宋玉①便近乎阴柔。把端午定为屈原的死日，说不定会是民族的诗的直觉，对于他的一个正确的批判。

古时候曾经把这一天当为邪辟的日子，大概就是因为是伍员与屈原的死日，两人同是被一些邪辟小人所迫害而死了的，由民族的正义感竟把这个日子当为忌日。这一天认为是百邪群鬼聚会的日期，连这一天生下的儿女都认为不祥，不让他存活。例如孟尝君是五月五日生的，

---

① 宋玉（约前290—前223），战国时期楚国人。著有《九辩》《高唐赋》《神女赋》等。

他的父亲决意丢掉他，是他的母亲私下把他养活了。汉朝的宰相王凤也是五月五日生的，他的父亲也想不要他，是他的叔父以孟尝君的故事为例才又保存了下来。由这些故事看来，在古时为忌避端午不知道牺牲了多少儿女。这固然是当得铲除的恶习，但推其原故，实由于仇视邪辟。在古时是认为邪辟的力量太大了，几乎为人所不能敌。但由这同一的观念所生出的良风美俗，是对于邪辟的斗争。

群鬼百邪害死了忠良，损伤了民族的正义感，故尔每一个人为自卫和卫人计，都须得齐心一意的来除去邪鬼。先除去自己身心的邪辟吧，要以兰汤为浴，以菖蒲泛酒（俗间在酒中对以雄黄），不仅要保持身体的清洁，还要争取内心的芬芳。更进而除去一切宇宙中的邪辟吧，以蒲为剑，以艾为犬（古时曾以艾为人或虎），岂不是象征着要民族的每一个人都成为驱魔的猎人，伏虎的斗士？这诗意真真是十分葱茏，值得我们把它阐扬、保存，而且扩充——扩充为民族的日常生活：薰莸不同器，邪正不两立！

划龙船的风俗是同样值得保存而加以发扬的。这和欧美人的竞潜（boat race）具有同样的国民保健的意义。在这健身的意义之外，尤可夸示的，是它本来所含有的培养民族精神的作用。龙船竞渡相传是为拯救沉溺了的屈原，但实质上便是拯救被沉溺了的正义！正义被邪辟陷没了，我们要同一切的邪辟斗争，即使是在狂涛恶浪当中，我们就牺牲了自己的生命都在所不惜，一定要把那正义救起。这是含有何等崇高意义的精神教育！这个是屈原精神和诗歌的形象化，以这来纪念屈原，我觉得是民族的共感所洗练出的最好的诗的方法。可惜这意义，多少是失传了，仪饰仅存着化石的形式。现代的诗人们不是应该吹入自己的生命，使化石复活吗？

端午节的风俗也传播到日本去了，蒲剑兰汤，形式上差不多没有两样。龙船虽然没有，但有"鲤帜"（Koinobori）的变异出现。在五月间，日本的乡村农家差不多每一家的空场里都要竖立一根旗杆，在上面挂着一个或一个以上由小而大的布制鲤鱼。鱼有红黑两种，小者数尺，大者丈余，肚腹都是空的，一有风，便为气流所贯，在空中飘荡起来，俨如鱼在游泳。日本人以五月为男童节（以三月为女儿节），一家有多少男童便挂多少鲤鱼，这用意不用说是中国的鲤鱼跳龙门的演化，但用以为端午的一种仪饰，在中国不知道有没有它的母家。或者也怕是出于误会的转变吧。鲤鱼所跳的龙门是河津的龙门，而楚国别有江渚的龙门，即楚国的东门，所谓"过夏首而西浮兮，顾龙门而不见"，便是这南方的龙门了。因为南方也有龙门，故尔用鲤鱼来表示追慕的象征吧？不过纪念屈原的意义，在日本是完全失传了的。"鲤帜"，在日本人，是认为努力争取功名利禄的表现。争取功利之极则不惜牺牲他人以肥自己，这是日本人的活生生的国民教育。

鲤鱼究竟还未化成龙啦。要使日本民众知道端午节的意义是在整饬自己乃至牺牲自己以拯救正义，在东亚才能有和平出现的一天。但是，龙，说不定也可以退化而为鲤，或者确实的僵化而为石。那更是我们所不希望的。敢于改端午节为"诗人节"的诗人们，多多努力吧！

1941 年 5 月 27 日

# 历史·史剧·现实

一

我是喜欢研究历史的人，我也喜欢用历史的题材来写剧本或者小说。这两项活动，据我自己的经验，并不完全一致。

历史的研究是力求其真实而不怕伤乎零碎，愈零碎才愈逼近真实。史剧的创作是注重在构成而务求其完整，愈完整才愈算得是构成。

说得滑稽一点的话，历史研究是"实事求是"，史剧创作是"失事求似"。

史学家是发掘历史的精神，史剧家是发展历史的精神。

史学家是凸面镜，汇集无数的光线，凝结起来，制造一个实的焦点。史剧家是凹面镜，汇集无数的光线，扩展出去，制造一个虚的焦点。

史有佚文，史学家只能够找，找不到也就只好存疑。史有佚文，史剧家却需要造，造不好那就等于多事。

古人的心理，史书多缺而不传，在这史学家搁笔的地方，便须得史剧家来发展。

历史并非绝对真实，实多舞文弄墨，颠倒是非，在这史学家只能纠正的地方，史剧家还须得还它一个真面目。

史学家和史剧家的任务毕竟不同，这是科学与艺术之别。

二

自然，史剧既以历史为题材，也不能完全违背历史的事实。

大抵在大关节目上，非有正确的研究，不能把既成的史案推翻。但因有正确的研究而要推翻重要的史案，是一个史剧创作的主要动机。

故尔，创作之前必须有研究，史剧家对于所处理的题材范围内，必须是研究的权威。

关于人物的性格、心理、习惯，时代的风俗、制度、精神，总要尽可能的收集材料，务求其无瑕可击。

优秀的史剧家必须得是优秀的史学家，反过来说，便不必正确。

三

然而有好些史学专家或非专家，对于史剧的创作每每不大了解，甚至连有些戏剧专家或非戏剧专家，也有些似是而非的妙论。

他们以为史剧第一要不违背史实，但他们没有更进一步去追求：所谓史实究竟是不是真实。

对于史剧的批评，应该在那剧本的范围内，问它是不是完整。全剧的结构，人物的刻划，事件的进展，文辞的锤炼，是不是构成了一个天地。

假使它是对于历史的翻案，那就要看它翻案的理由，你不能一开口便咬定它不合乎史实。

譬如我们写杨秀清①，作为叛逆见于清人记录或稗官野史上的是一回事，作为革命家在他的本质上又另外是一回事。在这儿便可以写成两个面貌。

你如看见有人把他作为革命家在描写，你却不能说这就是违背史实。

或者你看见两个人写杨秀清，一个把他写成坏蛋，一个把他写成好人，你便以为"不妥"。

先要看作家是怎样在写，写得怎样，再说自己的意见：得该怎样写，写得该怎样。

写成坏也好，写成好也好，先要看在这个剧本里面究竟写得好不好。

应该写成好还是坏，你再要拿出正见来，然后才能下出一个"不妥"。

批评家应该是公平的审判官，不是刽子手呀！

---

① 杨秀清（约1820—1856），广西桂平人。烧炭工出身，太平天国起义领袖之一，建都天京后封东王。

写历史剧就老老实实的写历史，不要去创造历史，不要随自己的意欲去支使古人。

　　这样根本的外行话，最好是少施教训为妙。

　　究竟还是亚理士多德①不可及，他在两千多年前说过的话比现代的说教者们高明得无算：

　　　　诗人的任务不在叙述实在的事件，而在叙述可能的——依据真实性、必然性可能发生的事件。史家和诗家不同！

　　史剧家在创造剧本，并没有创造"历史"，谁要你把它当成历史呢？

## 四

　　史剧这个名称，也只是一个通俗的说法。认真说凡

---

　　①　亚理士多德（Aristoteles，前384—前322），通译亚里士多德，古希腊哲学家、科学家。著有《诗学》《形而上学》《物理学》等。

是世间上的事无一非史，因而所有的戏剧也无一非史剧。

"现在"，究竟在那儿？

刚动一念，刚写一字，已经成了过去。

然而有好些专家或非专家却爱把史剧和现实对立，写史剧的便被斥责为"逃避现实"或"不敢正视现实"。

"现实"这个字我们用得似乎太随便了一点。现在的事实固可以称为现实，表现的真实性也正是现实。我们现在所称道的"现实主义"无疑是指后者。

假使写作品非写现成事实不可，那么中国的几大部小说《水浒》《西游》《三国》等等，都应该丢进茅坑。《元曲》全部该烧。但丁、莎士比亚、歌德、托尔斯泰都是些混蛋。

大家都在称赞托尔斯泰的《战争与和平》，说是现实现实，人们却忘记了他所写的是拿破仑侵略俄罗斯的"历史"。

请不要只是把脚后跟当成前脑。

# 五

史剧的用语有一个时期也成过问题。

有的人说应该用绝对的历史语言，这简直是有点滑稽。谁能懂得绝对的历史语言？绝对的历史语言又从什么地方去找？

我们现代的言语在几百、千年后一部分倒是可以流传下去的，因为我们已经有录音的工具。但几百、千年前的言语呢？不要说几百、千年，就是几十、百年前也就无法恢复。

但史剧用语多少也有限制，这和任何戏剧用语都有限制是一样。

根干是现代语，不然便不能成为话剧。但是现代的新名词和语汇，则绝对不能使用。

在现代人能懂得的范围内，应该要掺进一些古语或文言，这也和写现代剧要在能懂的范围内使用一些俗语或地方语一样。不同的只是前者在表示时代性，后者在表示社会性或地方性。

写外国题材的剧或翻译，不曾听见人说过剧中人非得使用外国语不可，而写历史剧须得用历史语，真是不可思议的一种奇谈。

1942 年 4 月 19 日

# 人做诗与诗做人

前几天于伶兄三十七岁的诞辰，有好几位朋友为他祝寿，即席联句，成了一首七绝。

长夜行人三十七，如花溅泪几吞声。

至今春雨江南日，英烈传奇说大明。

这是一首很巧妙的集体创作。妙处是在每一句里面都嵌合有一个于伶所著的剧本名，即是《长夜行》《花溅泪》《杏花春雨江南》《大明英烈传》，嵌合得很自然，情调既和谐，意趣也非常连贯。而且联句的诸兄平时并不以旧诗鸣，突然得此，也是值得惊异的事。

不过有一个唯一的缺点，便是诗的情趣太消极，差不多就像是"亡国之音"了。这不仅和于伶兄的精神不称，就和写诗诸兄的精神也完全不相称。诸位都是积极进取的朋友，都有一个共同的信念，便是"中国不会亡"。怎么联起句来，就好像"白头宫女"① 一样，突然现出了这样的情调呢？

或许是题材限制了吧？例如《长夜行》与《花溅泪》都不免是消极的字面，《大明英烈传》虽然写的是刘伯温②，但因为是历史题材，而且单从字面上看不免总要联想到明末遗事。有了这些限制，也就如用菜花、豆苗、蘑菇之类的东西便只能做出一盘素菜的一样，因而便不免消极了。这是可能的一种想法。

或许也怕是形式限制了吧？因为是七绝这种旧形式，运用起来总不能让作者有充分的自由，故尔不由自主地竟至表现出了和自己的意识相反的东西。所谓"形式决定内容"，这也是可能的一种想法。

但我尝试了一下，我把同样的题材，同样的形式，另外来写成了一首。

---

① 语出唐代元稹《行宫》诗："寥落古行宫，宫花寂寞红。白头宫女在，闲坐说玄宗。"

② 刘伯温（1311—1375），名基，浙江青田人，明初政治家、文学家。《大明英烈传》写了他配合朱元璋领导农民起义，消灭元兵的事迹。

大明英烈见传奇，长夜行人路不迷。

春雨江南三七度，杏花溅泪发新枝。


　　这样写来似乎便把消极的情趣削弱了，而含孕有一片新春发岁、希望葱茏之意。这在贺寿上似乎更要切合一些，就对于我们所共同怀抱的信念也表现得更熨帖一些。

　　这本是一个小小的问题，但我觉得很有趣。我在这儿发现着：文字本身有一种自律性，就好像一泓止水，要看你开闸的人是怎样开法，所谓"决诸东方则东流，决诸西方则西流"。只要你把闸门一开了，之后，差不多就不由你自主了。

　　人的一生，特别是感情生活，约略也是这样。一个人可以成为感情的主人，也可以成为感情的奴隶。你是开向生路便是生，开向死路便是死。主要的是要掌握着正确的主动权以善导对象的自律性，对于青年有领导或训育任务的人，我感觉着这责任特别重大。


　　　　　　　　　　　　　　　　1943 年 2 月 24 日

# 叶挺将军的诗[①]

　　那是新四军事变后的第二年（一九四二），希夷被囚在陪都郊外的某一地点。秋冬快要完的时候了，他的夫人由广东携带着一位八岁的女儿扬眉来看他。他们在狱中曾经会过几次面。我在这时却也得到了极可宝贵的一些意外的收获。

　　十一月十六日，希夷夫人带着扬眉到赖家桥的寓所来访问我们，她把希夷手制的一枚"文虎章"送给我，作为他给我祝寿的礼物。那是由香烟罐的圆纸片制成的，正面正中用钢笔横写着"文虎章"三个字，周围环绕着"寿强萧伯纳，骏逸人中龙"十个字，背面写着

━━━━━━━━━

　　① 本篇最初发表于 1946 年 4 月 6 日。

— 91 —

"祝沫若兄五十大庆，叶挺"。在这之上，希夷夫人用红丝线来订上了佩绶，还用红墨水来加上了边沿。

这样一个宝贵的礼物，实在是使我怀着深厚的谢意和感激。我感激得涔着了眼泪。

不久我们从乡下搬进了城，又从希夷夫人手里得到希夷给我的一封信，这里面还附有一首诗。


沫若兄：

在囚禁中与内子第二次聚会，彻夜长谈二十四小时，曾说及十五日将往祝郭沫若兄五十大庆，戏以香烟罐内圆纸片制一"文虎章"，上写"寿强萧伯纳，骏逸人中龙"两句以祝。别后自思，不如改为下二句为佳：

寿比萧伯纳

功追高尔基

叶挺　卅一，十一，十四，

在渝郊红炉厂囚室中


为人进出的门紧锁着，

为狗爬出的洞敞开着，

一个声音高叫着：

——爬出来呵，给尔自由！

我渴望着自由，但也深知道

人的躯体哪能由狗的洞子爬出！

我只能期待着，那一天

地下的火冲腾

把这活棺材和我一齐烧掉，

我应该在烈火和热血中

得到永生。

六面碰壁居士　卅一，十一，廿一

这里燃烧着无限的愤激，但也辐射着明澈的光辉，要这才是真正的诗。假使有青年朋友要学写诗的话，我希望他就从这样的诗里学。我敬仰希夷，事实上他就是我的一位精神上的老师。他有峻烈的正义感，使他对于横逆永不屈服；而同时又有透辟的人生观，使他自己超越在一切的苦难之上。五年的囚禁生活，假使没有这样的精神是不能够忍耐的。假使没有这样的精神，一个人不被软化，成为性格破产者，也要被瘫化，成为精神病患者。然而希夷征服了这一切，现在果真是"地下的火冲腾，把活棺材烧掉"，而他"在烈火和热血中得到永生"了。

他的诗是用生命和血写成的，他的诗就是他自己。

一九四六年三月四日，希夷在五年囚禁之后恢复自由，晚上在中共代表团看了他回来，又在屯火光中反复读着他这首诗。

# 望远镜中看故人

## ——序《郁达夫诗词钞》

郁达夫名文，达夫是他的字。

他的故乡富阳是风光明媚的地方，我虽然没有去过，但我们读过梁代吴均《与宋元思书》的人都是欣羡那个地方的。信里面有这样的几句："自富阳至桐庐一百里许，奇山异水，天下独绝。水皆缥碧，千丈见底，游鱼细石，直视无碍。急湍胜箭，猛浪若奔，夹岸高山，皆生寒树。"

达夫是生在这样地方的人，我相信他的诗文清丽是受了这种客观环境的影响。

一九一四年我在日本东京和他同班同学时，已经知道他会作旧体诗词，而且已经作到了可以称为"行家"

或者"方家"的地步。

他似乎很喜欢清代的诗人黄仲则，他不仅喜欢他的诗，而且同情他的生活。他似乎有意在学他。他的短篇小说《采石矶》便是以黄仲则为主人翁的，而其实是在"夫子自道"。

在他生前我曾经向他说过：他的旧诗词比他的新小说更好。他的小说笔调是条畅通达的，而每每一泻无余；他的旧诗词却颇耐人寻味。古人说"多文为富"，他名叫郁文，真可谓名实相符，"郁郁乎文哉"了。

但我所读过的达夫的诗词实在并不多，现在于昉、周期二位同志收集了他的诗四百一十二首，词十阕，我一口气把它们读完了，大都是经心之作，可作为自传，亦可作为诗史。

读了这四百多首诗词，觉得我以前的看法还是正确的。达夫的诗词实在比他的小说或者散文还好。

达夫是学过经济学的人，他对于马克思主义是早有所接触的。他的思想，一般说来是倾向于进步方面。他的小说在五四运动后的初期是发生过很大影响的。当时的青少年很多人爱读他的著作。大家之所以喜欢他，也正是由于他的思想倾向于反对封建主义，反对帝国主义，而且相当激烈。这种思想在他的诗词中也是含孕着的。

达夫，或许由于他的生理或者生活的关系吧，他的感情往往不大健康，而带着浓厚的感伤情调。他是有肺病的人，而又爱抽烟、喝酒，生活习惯不那么谨严。特别是他的遭遇是值得同情的，他是从封建社会里孕育出来的人，早期的旧式结婚似乎未能使他满意；而后来同王映霞恋爱的一段生活史却又成为悲剧。他的母亲是在日寇占领富阳时，在乡间饿死的。他的胞兄法律家郁华（曼陀），也长于诗词，是在上海遭了敌伪惨杀的。他本人在抗日战争期间，被反动势力压迫，飘流海外，既遭受到极难忍受的境遇，而日寇最后对于他的生命还给予了悲剧的结束。在友人中像达夫这样的遭遇是很罕见的。

但是，达夫毕竟是一位倔强的战士。他热爱祖国，衷心希望中国人民能得到解放。尽管他一生的遭遇那样不幸，但不幸并没有压倒他。虽然有些迂回曲折，他毕竟不屈不挠地在从事着进步的工作，并把自己的感伤凝结成为诗词文章，为时代、为自己作了忠实的记录。如果达夫不遭受到日寇的暗杀，如果他一直存命到解放以后（这完全是可能的），他的感情会改变，他的思想会更加明朗化。他如果一直活到今天，我坚决地相信，他一定能够写出不少的歌颂革命、歌颂人民的诗文。可惜得很，这样一位有才华、有学识、有良心的作家却让日本宪兵把他暗害了。这不会激发我们对于帝国主义者的同仇敌忾吗？日寇能毁灭达夫的身体，断不能毁灭达夫的精神。达夫会永远活在我们的心里。

自然，达夫是有他的短处的。他尽管一直在反抗旧社会，反抗殖民主义、帝国主义，但总觉得不够勇敢，不够坚定，他有时有点逃避的倾向，这是他的短处。但短处是谁也难免的，达夫也颇知道自己的短处，而他却不是加以掩蔽、文饰，而是加以揭露、更改。自己始终是想更坚强、更勇敢一些，和恶势力搏斗。他是一位一片天真的人，有时甚至天真到对于敌人也不够警惕。但我们应该肯定：他是和恶势力搏斗中阵亡在前线上的一位战友。

以上是我对达夫的一些直率的看法，我没有工夫从他的著作中去广泛地征引证据；但我相信仔细地阅读达夫的作品，特别是把这四百多首诗词加以吟味，尽可以发觉：我的看法并不是没有根据的。

对于尽了一定责任的已故的战友，我认为，我们应该抱着望远镜去看，把他的优点引近到我们身边来；而不是抱着显微镜去看，专门挑剔他的弱点。

达夫，你如果有知，我相信我的这些意见一定会得到你的同意。

1959 年 10 月 17 日

# 访沈园①

一

　　绍兴的沈园，是南宋诗人陆游写《钗头凤》的地方。当年著名的林园，其中一部分已经辟为"陆游纪念室"。

二

　　《钗头凤》的故事，是陆游生活中的悲剧。他在

---

① 本篇原载于 1962 年 12 月 9 日上海《解放日报》。

二十岁时曾经和他的表妹唐琬（蕙仙）结婚，伉俪甚笃。但不幸唐琬为陆母所不喜，二人被迫离析。

十余年后，唐琬已改嫁赵家，陆游也已另娶王氏。一日，陆游往游沈园，无心之间与唐琬及其后夫赵士程相遇。陆既未忘前盟，唐亦心念旧欢。唐劝其后夫遣家童送陆酒肴以致意。陆不胜悲痛，因题《钗头凤》一词于壁。其诗云：

红酥手，黄滕酒，满城春色宫墙柳。东风恶，欢情薄，一怀愁绪，几年离索。错，错，错。

春如旧，人空瘦，泪痕红浥鲛绡透。桃花落，闲池阁，山盟虽在，锦书难托。莫，莫，莫。

这词为唐琬所见，她还有和词，有"病魂常似秋千索""怕人询问，咽泪装欢，瞒，瞒，瞒"等语。和词韵调不甚谐，或许是好事者所托。但唐终抑郁成病，至于夭折。我想，她的早死，赵士程是不能没有责任的。

四十年后，陆游已经七十五岁了。曾梦游沈园，更深沉地触动了他的隐痛。他又写了两首很哀婉的七绝，题目就叫"沈园"。

城上斜阳画角哀，沈园非复旧池台。伤心桥下春波绿，曾是惊鸿照影来。

梦断香消四十年，沈园柳老不吹绵。此身行作稽山土，犹吊遗踪一泫然。

这是《钗头凤》故事的全部，是很动人的一幕悲剧。

三

十月二十七日我到了绍兴，留宿了两夜。凡是应该参观的地方，大都去过了。二十九日，我要离开绍兴了。清早，争取时间，去访问了沈园。

在陆游生前已经是"非复旧池台"的沈园，今天更完全改变了面貌。我所看到的沈园是一片田圃。有一家旧了的平常院落，在左侧的门楣上挂着一个两尺多长的牌子，上面写着"陆游纪念室（沈园）"字样。

大门是开着的，我进去看了。里面似乎住着好几家人。只在不大的正中的厅堂上陈列着有关陆游的文物。有陆游浮雕像的拓本，有陆游著作的木版印本，有当年的沈园图，有近年在平江水库工地上发现的陆游第四子陆子坦夫妇的圹记，等等。我跑马观花地看了一遍，又连忙走出来了。

向导同志告诉我："在田圃中有一个葫芦形的小池和一个大的方池是当年沈园的故物。"

我走到有些树木掩荫着的葫芦池边去看了一下，一池都是苔藻。池边有些高低不平的土堆，据说是当年的假山。大方池也远远望了一下，水量看来是丰富的，周围是稻田。

待我回转身时，一位中年妇人，看样子好像是中学教师，身材不高，手里拿着一本小书，向我走来。

她把书递给我，说："我就是沈家的后人，这本书送给你。"

我接过书来看时，是齐治平著的《陆游》，中华书局出版。我连忙向她致谢。

她又自我介绍地说："老母亲病了，我是从上海赶回来的。"

"令堂的病不严重吧？"我问了她。

"幸好，已经平复了。"

正在这样说着，斜对面从菜园地里又走来了一位青年，穿着黄色军装。赠书者为我介绍："这是我的儿子，他是从南京赶回来的。"

我上前去和他握了手。想到同志们在招待处等我去吃早饭，吃了早饭便得赶快动身，因此我便匆匆忙忙地告了别。

这是我访问沈园时出乎意外的一段插话。

## 四

这段插话似乎颇有诗意。但它横在我的心中，老是使我不安。我走得太匆忙了，忘记问清楚那母子两人的姓名和住址。

我接受了别人的礼物，没有东西也没有办法来回答，就好像欠了一笔债的一样。

《陆游》这个小册子，在我的旅行箧里放着，我偶尔取出翻阅。一想到《钗头凤》的故事便使我不能不联想到我所遭遇的那段插话。我依照着《钗头凤》的调子，也酝酿了一首词来：

> 宫墙柳，今乌有，沈园蜕变怀诗叟。秋风袅，晨光好，满畦蔬菜，一池萍藻。草，草，草。
>
> 沈家后，人情厚，《陆游》一册蒙相授。来归宁，为亲病。病情何似？医疗有庆。幸，幸，幸。

的确，"满城春色宫墙柳"的景象是看不见了。但除"满畦蔬菜，一池萍藻"之外，我还看见了一些树木，特别是有两株新栽的杨柳。

陆游和唐琬是和封建社会搏斗过的人。他们的一生是悲剧，但他们是胜利者。封建社会在今天已经被连根推翻了，而他们的优美形象却永远活在人们的心里。

沈园变成了田圃，在今天看来，不是零落，而是蜕变。世界改造了，昨天的富室林园变成了今天的人民田圃。今天的"陆游纪念室"还只是细胞，明天的"陆游纪念室"会发展成为更美丽的池台——人民的池台。

陆游有知，如果他今天再到沈园来，他决不会伤心落泪，而是会引吭高歌的。他会看到桥下的"惊鸿照影"——那唐琬的影子，真像飞鸿一样，永远在高空中飞翔。

图书在版编目（CIP）数据

白鹭 / 郭沫若著. －－ 武汉：长江文艺出版社，
2023.6
ISBN 978-7-5702-3097-6

Ⅰ.①白… Ⅱ.①郭… Ⅲ.①散文集－中国－现代
Ⅳ.①I266

中国国家版本馆 CIP 数据核字（2023）第 070238 号

白鹭

BAI LU

责任编辑：李婉莹　　　　　　　　责任校对：毛季慧
封面设计：天行云翼·宋晓亮　　　 责任印制：邱　莉　杨　帆

出版：长江出版传媒　长江文艺出版社
地址：武汉市雄楚大街 268 号　　　邮编：430070
发行：长江文艺出版社
http://www.cjlap.com
印刷：湖北画中画印刷有限公司

开本：640 毫米×970 毫米　　 1/16　 印张：6.75　　　插页：4 页
版次：2023 年 6 月第 1 版　　　2023 年 6 月第 1 次印刷
字数：50 千字

定价：22.00 元